I0669480

FERRET - 1971

Pastels

de

Guerre

Pastels

de

Mer

ANGOULÊME
IMPRIMERIE OUVRIÈRE
18, rue d'Aguesseau, 18

1916

Pastels

de

Guerre

Pastels

de

Mer

Georges BOUTELLEAU

ANGOULÊME

IMPRIMERIE OUVRIÈRE

18, rue d'Aguesseau, 18

1916

Pastels de Guerre

La Closerie, 1914-1915

A ma fille Germaine.

Pastels de Guerre

Les tableaux, aux vives couleurs,
Furent brossés sous la mitraille
Avec du sang et non des pleurs
Par les héros de la bataille.

Loin d'eux, témoins de leurs douleurs,
Ceux dont l'âge courbe la taille,
Souffrant des tragiques malheurs,
Qu'un ennemi sauvage raille,

Ont peint en des tons moins vivants,
Mais avec des crayons fervents,
Les scènes de la France en armes.

Ce sont des pastels nuancés
Où les traits des drames passés
Demeurent pâlis par des larmes !

Le sol

Au fond des prisons d'Allemagne,
Mon drap de capote est souillé
Par la terre qui m'accompagne
Du pays natal mitraillé.

Terre de France que l'on gagne
Dans la tranchée au sol fouillé,
En la rude et sainte campagne
Où l'on combat agenouillé.

J'ai de la boue à mes semelles,
Mais je veux qu'elles restent telles
A mes deux pieds vivants ou morts.

Et si, dans la Prusse, on m'enterre,
Que ce soit roulé dans la terre
Qui s'est attachée à mon corps !

Novembre 1914

Ils quittent dans la nuit brumeuse
La caserne au trop long repos,
La ville trop calme et charmeuse,
Et s'en vont au feu, sac au dos.

Vers l'Aisne, l'Yser ou la Meuse,
Le pas hardi, le cœur dispos,
Ils suivent la route boueuse
Par les quartiers obscurs et clos.

Ils marchent, en laissant derrière,
Bien des mains jointes en prière,
Après le départ courageux.

Et dans la tristesse de l'heure,
Il semble que le brouillard pleure
Les larmes des mères sur eux !

Les cigognes

Cigognes d'Alsace, émigrantes,
Qui, loin des clochers écroulés,
Déployez vos ailes errantes,
Vers nos clochers debout, volez !

Les pierres d'ici sont parentes
Des pierres de vos murs brûlés,
Et leurs niches sont attirantes
Aux vols des oiseaux exilés.

En écoutant tinter nos cloches,
Les vôtres vous paraîtront proches,
Car elles ont les mêmes voix.

Le vent les mêla, confondues,
Et vous les avez entendues
Dans notre France d'autrefois.

Héros de France

Pour que la France fût la France,
Les héros anciens qui sont morts
Ont, comme un germe d'espérance,
Laissé de leur âme en leurs corps.

La terre en reçut la semence,
Rien ne la disperse au dehors,
C'est notre sol dans son essence,
L'argile d'où naissent les forts.

Au fond du sillon solitaire
Les preux couvent dans le mystère
Les héroïques lendemains.

Et quand vous creusez les tranchées,
Monte à vos poitrines penchées
Ce souffle des morts souterrains !

Tricot

De ses mains, par les ans usées,
Ta vieille grand'mère reprend
Les aiguilles qui, reposées,
Dormaient quand tu devenais grand.

Quelques-unes se sont brisées,
Dans la corbeille qui les rend,
Sous l'amas des choses posées,
Par la rouille au rongement lent.

J'ai tricoté dans ton jeune âge
Et le blanc et le bleu lainage,
Où le lait coulait, innocent.

Maintenant c'est la laine grise,
Où peut, par cruelle surprise,
S'étendre la tache de sang !

Académies

Sous la coupole des musées
On voit, caressés du ciseau,
Des héros aux têtes frisées,
Tenant le glaive ou le rameau.

Les lignes en sont composées :
Même en brandissant le flambeau
Des discordes inapaisées,
Le geste a l'aplomb du cordeau.

L'art de la Grèce s'y révèle
Qui convie au culte fidèle
Des marbres blancs inviolés.

Mais plus que des académies,
Frappés des balles ennemies,
Sont beaux nos héros mutilés !

Le pain de demain

Un jour, sur ces champs nus, muets et désolés,
Le semeur sèmera, de sa main large ouverte,
Et, sous le clair soleil d'avril, les grains gonflés
Vêtiront les guérets de la plaine déserte.

Et mille fleurs croîtront, fraîches parmi les blés,
Parsemant de bouquets l'immense traine verte ;
Et les vols passeront des insectes ailés,
Dans la lumière blonde et dans la brise alerte.

Le calvaire subi ne pourra s'oublier,
Même quand le pays qu'on dut crucifier
Echappera vainqueur à la pire agonie.

Et celui qui rompra le pain de la moisson
Sentira, secoué par un pieux frisson,
Que c'est avec la France en croix qu'il communie !

Envoi

J'ai cherché ce qui te plaisait à notre table,
J'en ai fait un ballot que je t'envoie au front ;
Tu connais les soldats d'un sort plus misérable,
Ce que tu donneras, ils le partageront.

J'ai glissé le tabac et la pipe cassable
Sous l'amas des tricots que tu verras au fond,
Et pour le fusilier qui va « tuer le diable »
Les gâteaux à l'anis que les petites font.

La laine a le parfum d'iris de ton armoire,
Et tu pourras, les yeux fermés, un peu te croire
Dans ta chambre laissée, où le passé fut court.

J'ai mis le livre aimé de toi, dès ta jeunesse,
Le petit Evangile où Dieu nous suit sans cesse,
Et j'aurais mis mon cœur, s'il n'était pas si lourd !

Adieu de mère

Va, petit, ne regarde pas
Si me voilà vieille et blanchie,
Et si, dans mes pauvres yeux las,
La misère s'est réfléchie.

N'y pense pas, au front, là-bas,
Garde ta jeunesse affranchie
De la peine qui, pas à pas,
Fait mon âme un peu plus fléchie.

Songe que je peux te revoir
Plus grand, ayant fait ton devoir.
Et si tu dois laisser ta vie,

Je saurai qu'est rempli mon vœu,
Car c'est bien te donner à Dieu
Que te donner à la patrie !

Les mouettes

(HALTE)

Sous les balles aux grêles drues,
Sous le sifflement des obus,
Sous le déchirement des nues
Qui se prolonge en bruits aigus,

Au choc des troupes accourues,
Quand tout, dans la poudre, est confus,
Les choses qui sont apparues
D'un pays lointain ne sont plus.

Mais quand la tourmente est chassée,
L'image qui s'est effacée
Reprend ses anciennes hantises.

Et je pense à ce coin de mer,
Où vit le passé qui m'est cher,
Sous le vol des mouettes grises !

Les vieillards

Vous qui nous quittez pour la guerre
Ne regardez pas les vieillards :
Ils vous ont vus petits naguère
Et trop aimés, les vieux grognards !

Ils ne vous endurciraient guère,
Inquiets des moindres hasards ;
Votre enfance leur fut trop chère,
Ils ont trop tremblé des départs.

Votre jeunesse, c'est leur vie,
Et votre route fut gravie
Sous la tutelle de leurs bras.

La France lutte et vous appelle,
Partez et regardez vers elle,
Mais, eux, ne les regardez pas !

Villégiature

Enfant, vous avez voulu prendre
Une route, loin des combats,
Car votre cœur était trop tendre
Pour les souffrances de là-bas.

Vous choisîtes, pour vous y rendre,
La plus coquette des villas,
Où, sur les lauriers, on voit pendre
Des grappes roses et lilas.

Mais le gémissement vous hante
De l'inoubliable tourmente
Qui faucha vos rêves premiers.

C'est le souffle de la patrie,
Plus divine d'être meurtrie,
Qui passe à travers les lauriers.

Nos soldats

S'ils ne croisent pas tous leurs mains,
Dans le grand feu de la tourmente,
Ce n'est pas que leurs cœurs soient vains,
Et que le passé pieux mente.

Ils ont, dans des appels soudains,
Les dangers, que le piège augmente,
Les obus criblent leurs chemins
Et toute mêlée est démente.

Ils luttent sans fin corps à corps,
Brisant les sauvages efforts
D'une attaque en vain poursuivie.

Et, sur ce calvaire sanglant,
Sans reculer d'un pas tremblant,
Pour prière, ils donnent leur vie !

Deuils

Les mères ont un voile noir,
La foule connaît leur détresse,
Chacune, on dirait, à les voir,
Semble vêtue en sa tristesse.

Quand elles s'en vont dans le soir,
Où la moindre clarté les blesse,
On suit, par un pieux devoir,
La trace que leur ombre laisse.

Les pères, comme elles, souffrant
D'êtres chers tombés dans le rang,
Ont un deuil qui rien ne dévoile.

Personne ne sait le secret
De l'intime et pieux regret,
Et, qu'autour du cœur, est le voile.

France

La ville, dans le nord, croule sous les obus,
C'est l'immense brasier où l'incendie allume
Les poutres des hauts toits et des clochers aigus,
Et l'on croit voir brûler des torches dans la brume.

Sur les pavés rougis les morts sont étendus
Pendant, qu'éperdûment, roulent des bruits d'enclume
Et que les fugitifs, sur les chemins perdus,
Tournent leurs yeux d'errants vers la ville qui fume.

Ici c'est le repos des provinces de paix,
La prospère beauté des cités que jamais
Ni mitraille n'atteint ni misère n'accable.

Notre France ressemble au blessé dont le front
Saigne, mais que nos mains soigneuses guériront,
Puisqu'elle garde au cœur la vie inépuisable.

Convalescence

Ne m'apportez pas de journal,
Que les fenêtres presque closes
Laissent un rayon matinal
Glisser seulement sur ces roses.

Selon le tic-tac machinal
Des heures qui mènent les choses,
Que dure, au logis monacal,
Le train d'habitudes encloses.

Qu'aucun bruit troublant du dehors
Ne me rappelle d'où je sors,
Je veux qu'aujourd'hui soit naguère.

Dans ces repos, au fond des bois,
Et cette chambre d'autrefois,
J'oublierai peut-être la guerre.

Soldat français

Rude à l'attaque et fier luron,
C'était un ouvrier de ville,
Il ne boudait pas au canon,
Docile aux chefs et non servile.

Exécrant le pays teuton,
Sa meute carnassière et vile,
Il jurait son plus gros juron
De lui rendre pile pour pile.

D'un prisonnier il eut la garde,
Pauvre Boche, à mine hagarde
Et bête rampante aux abois.

Il lui donna son pain, sa paille,
Et dans un clos, sous la mitraille,
Il alla lui cueillir des noix.

Le chien

C'est pour te donner bon courage,
Mon cher petit, que je t'écris.
Songe bien que je prends de l'âge,
Si l'on te dit que je maigris.

Le chien est peut-être moins sage,
Il te pleure en poussant des cris ;
Voyant ma plume sur la page,
Ses bons yeux semblent attendris...

Les voisins s'informent sans cesse,
Ils m'aident quand l'ouvrage presse,
Catherine t'embrasse bien.

Ne blâme pas mon écriture
Si tu lis mal ma signature,
Car c'est la griffe de ton chien.

Cabotinage

En mission, fier de son grade,
A Paris pour un bref séjour,
Il dit à ceux de sa brigade :
Tenez bon jusqu'à mon retour.

Dans le métro, la mascarade
Des cous nus, des tulles à jour
Faisait trève à la saison fade,
Aux trop longs jeûnes de l'amour :

L'habituel petit manège
De toux, sous le boa de neige
Qui glisse pour mieux découvrir...

Mais, lui, debout à la portière,
Ne voyait rien, qu'à la frontière,
Ceux qui l'attendaient pour mourir !

Geste d'alliés

Mères, ô saintes, qui souffrez,
Si douloureusement meurtries,
Ne croyez pas, quand vous pleurez,
Les larmes des autres taries.

Vos douleurs ont des droits sacrés,
Et les foules sont attendries
Devant vos jours décolorés
Et vos demeures assombries.

Les chefs des meurtriers combats
N'ont pas oublié les soldats
Morts aux postes des étendues.

Par vous, plus grandement liés,
Leurs mains ferventes d'alliés
Sur vos voiles noirs sont tendues !

Insomnie

Ceux-là connaissent l'insomnie
Qui, trop vieux pour aller au front,
Vivent les heures d'agonie
Que les nuits de guerre leur font.

Ils souffrent de voir impunie,
Se ruant par saut et par bond,
La vieille et fauve Germanie,
Comme une bête qui fait fond.

Ils pleurent aussi la détresse
De leur impuissante vieillesse,
Eux, les survivants d'autrefois.

Et, sentant croître sans le dire
Leur inexprimable martyre,
Ils sont sur les bras d'une croix !

Veillées

Sous la lampe, comme autrefois,
Mais seule, à présent, elle veille,
Elle relit cent et cent fois
Chaque lettre à l'autre pareille.

C'est la chère et lointaine voix
Du passé clos, à son oreille ;
Elle se tait depuis des mois
Et la lettre dernière est vieille.

Elle écrit, interroge, attend,
D'où vient qu'un seul mot tarde tant ?
Ce silence est la grande épreuve.

Mais, bien que d'autres soient en noir,
Trop d'amour est dans son espoir
Pour qu'elle sente qu'elle est veuve.

Vision

Le ciel est bleu, d'un bleu léger,
Devant mes fenêtres ouvertes,
Le vent folâtre fait neiger
Des confetti de feuilles vertes.

De mon jardin au potager,
Se croisent des ailes alertes,
Toutes les branches du verger
De boutons roses sont couvertes.

Sur l'enclos vert et le ciel bleu,
Flamboie une ligne de feu
Qui jamais ne meurt ni ne bouge.

Et j'ai devant moi, jour et nuit,
De la guerre qui se poursuit
L'obsédante vision rouge.

Coq gaulois

Le coq gaulois de mon clocher
Est un coq de la vieille race,
Il a su si haut se percher
Qu'il domine toute l'Alsace.

Rien ne peut le faire broncher,
Il chante quand l'obus le chasse ;
Tranquille, on croit qu'il fait sécher
Ses ailes à ce feu qui passe.

Les cathédrales ont brûlé,
Le fort cède, démantelé,
Lui demeure quand tout s'écroule.

Fier et debout sur ses ergots,
Quand sonnent ses cocoricos,
L'aigle noir fuit comme une poule !

Les merles

———

Ce matin, ce fut une aubade
Très étrange dans mes vieux bois,
Où, chassant la brume maussade,
Le soleil rougissait mes toits.

Martial et gai par saccade,
Répété mille et mille fois,
On eût dit un air de parade
Où fusait un rire narquois.

Il s'envolait au long des sentes,
En semant les notes perçantes
Qu'ont les fifres aux sons aigus.

C'étaient, dans le bois qui s'étonne
Des merles émigrés d'Argonne
Sifflant la « Chanson des Poilus » !

Patrie

La patrie est le territoire
Où nous avons ouvert les yeux,
Où, page à page, notre histoire
Fut écrite par les aïeux.

Elle est le travail et la gloire
Qui nous font un passé pieux,
Elle est ce qu'on garde en mémoire
Sur les tombeaux silencieux.

Elle est le sol et sa lumière,
Ce que, dans la sainte frontière,
Nous avons enfermé de cher.

Son âme vit en notre armée
Et, comme une force enflammée,
Gronde dans les canons de fer.

Au musée

La foule se pressait immense aux Invalides
Pour voir les canons pris par nous aux ennemis,
Ils étaient là muets, en rang, leurs gueules vides,
Inoffensifs, tels que des monstres endormis.

Ils avaient accompli leurs œuvres homicides,
Et la terre et le sang, sur l'affût, avaient mis
Une rouille boueuse, et les mordants acides
Des explosifs suintaient sur les cuivres blémis.

Le peuple curieux et fier de la victoire,
Contemplait ces vaincus que noterait l'histoire,
Oubliant aujourd'hui les massacres d'hier.

Et j'entendais, songeant aux luttes meurtrières,
Le long gémissement, où passaient les prières
De nos martyrs devant ces assassins de fer !

Les bêtes

Je plains les soldats dans les rangs,
Exposés aux balles sifflantes,
Les pourchassés, les émigrants
Qui fuient sur les routes sanglantes.

Je plains aussi d'autres errants,
Les oiseaux des forêts brûlantes
Et dont les vols incohérents,
S'effarent des choses croulantes.

Je plains les poissons torpillés,
Et, dans les vallons mitraillés,
Les troupeaux brouteurs de verdure,

Bêtes des plaines et des mers,
Victimes des desseins pervers,
J'ai pitié de leur mort obscure

Vieille

Je suis vieille et j'ai peur de tant de sang qui coule ;
Où puis-je aller pour ne pas voir tous ces combats ?
La lutte infiniment s'obstine et se déroule,
Et chaque peuple n'a qu'un seul cri : Je me bats !

La mer couve la mort sous sa traîtresse houle,
Les vaisseaux lourds ont des canons au pied des mâts,
Et, dans le ciel, portant la foudre qui s'écroule,
Les avions altiers sèment les attentats.

La terre, obscurément minée, est meurtrière,
C'est un champ de carnage et c'est un cimetière,
Et le gémissement de la douleur en sort.

Comment trouver la paix d'un cher et sûr asile
Où je puisse avec joie ouvrir mon évangile
Sans qu'y réponde, au loin, le canon de la mort ?

Réfugiés

Pauvres oiseaux frileux du Nord,
Venus des forêts mitraillées,
Ils fendaient l'air avec effort
De leurs ailes toutes souillées.

A travers l'obus qui les tord
Fuyant les branches dépouillées
Où les nids sont guettés de mort,
Ils cherchaient les calmes feuillées.

A ces réfugiés plaintifs,
Les jardins fleuris de massifs
Ont offert leurs retraites closes.

Et dans le tiède vent léger,
On voit leurs ailes voltiger
Au milieu des premières roses.

Semailles

Laboureur autrefois, sur le sillon ouvert,
D'un geste de faucheur qui toujours recommence,
Dans les guérets bornés par le chaume désert,
Il jetait la fumure et la bonne semence.

Les germes printaniers déferlaient en flot vert
Et leurs remous, au vent, moiraient la plaine immense
Jusqu'aux mois de soleil où le froment offert
En belles gerbes d'or donnait sa récompense.

Les oiseaux accourus vers le grain des épis
Volaient d'un vol sonore en égrenant leurs cris,
Et le ciel souriait à l'œuvre poursuivie.

Le laboureur n'a plus son travail familier,
Héroïque soldat, au front, et fusilier,
Il sème dans la mort la moisson de la vie.

Tradition

Sur quel marbre assez dur, quel granit, quel airain
Résistant à la dent usante des années,
Graver cette épopée où s'épuise la main
A la vouloir écrire en strophes alternées.

Ni le pinceau fluet ni le mince burin,
Ni le ciseau sculptant en lignes affinées
Les bas-reliefs du drame épique et souterrain
Ne rendraient la grandeur des luttes obstinées.

L'art qui fouille la pierre et brosse le tableau
Est fait pour les fervents de la forme du beau
Et son but idéal est d'être symbolique.

C'est dans l'âme de tous que nos hauts faits vivront ;
Au cours des temps, les fils eux fils lointains diront
Ce que la France fut, comme un récit biblique.

Au village repris

(ALSACE)

L'histoire que je vous apporte
Est faite avec des mots français ;
Je la lis au seuil de la porte :
L'école rouvre dans la paix !

La terreur allemande est morte,
Et cette histoire désormais
Restera gravée à l'eau forte
Que le temps ne ronge jamais.

Petite France dans la grande,
Le passé noir est la légende
Sur laquelle l'oubli descend.

Libres, lisez avec des larmes
Ce qui vous revient par les armes,
A travers notre cœur en sang !

Parfum

A l'églantier que tu connais,
J'ai regardé s'ouvrir la rose,
Avant que, sur le rameau frais,
Un premier papillon se pose.

C'était la lumineuse paix,
Où le soleil, il semble, arrose
Le feuillage le plus épais
D'une pluie impalpable et rose.

Et je pensais à toi, là-bas,
A toi qui ne me voyais pas,
Dans les éclairs et dans la foudre.

Quand je voulus sentir la fleur,
D'une pâle et tendre couleur,
Elle avait une odeur de poudre.

Bienvenue

Quand près de moi tu reviendras,
Tu me verras en robe blanche,
A la main, au lieu de lilas,
Je tiendrai d'un laurier la branche.

Je te conduirai fier et las
Sous le toit aimé qui se penche,
Comme pour mieux voir à ton bras
Les beaux galons d'or de ta manche.

Le couvert sera mis pour deux,
Avec des bouquets d'amoureux,
Et les portes seront bien closes.

Très près, et nous serrant bien fort,
Nous ne parlerons pas de mort,
Ça fanerait les bouquets roses.

La solitaire

Le visage à la vitre, elle épie au lointain
On ne sait quoi de vague et de mélancolique
Qui fait tristes ses yeux sous le bandeau châtain,
Et le voile croisé d'une vierge mystique.

Immobile, elle est là quand tinte, le matin,
Une cloche au son clair de chapelle rustique,
Et le soir la retrouve au rendez-vous certain,
Eclairée, au couchant, d'une lumière oblique.

Le maître du logis est parti pour l'Yser ;
Depuis le long automne et le plus long hiver,
Elle est à cette vitre, en son étroite arcade.

Bien que le toit rural n'ait rien du vieux castel,
Qu'elle soit sans hennin, lévrier ni missel,
Elle rêve, attendant un preux de la croisade.

Soir

Voici le soir crépusculaire
Où le ciel est comme attendri
Sous la moite clarté lunaire
Qui baigne le champêtre abri.

Elle est seule au fond du mystère
D'un vieux jardin clos et fleuri,
Où les nids obscurs vont se taire
Dans la paix du soir assombri.

Avant que se ferment les ailes,
En la nef des branches nouvelles,
Ils égrènent leur angélus.

Elle songe, qu'à la frontière,
Si loin d'elle, lui n'entend plus
Ce gazouillement de prière.

Aujourd'hui

Non, ne baissez pas sur vos yeux
Le crêpe au long pli du veuvage,
Vos regards ne sont plus joyeux,
Je les aime ainsi davantage.

Je vous vois en tissus soyeux,
Des rubans à votre corsage,
Tout en noir vous me plaisez mieux,
Grave de geste et de visage.

Auprès des futiles bijoux,
Vous avez posé loin de vous
Le masque vain de l'apparence.

Vous avez, comprenant la mort,
D'un cœur endolori mais fort,
La beauté noble de la France.

La promeneuse

Des lys d'argent jusqu'à la hanche,
Grave au milieu des sceptres blancs,
Tel un autre lys qui se penche,
Elle s'incline à pas dolents.

Nulle ombre mobile de branche
Ne flotte sur ses gestes lents,
A la lumière neuve et franche,
Les calices sont aveuglants.

Tout, dans la gloire matinale,
Est si plein de paix virginale
Et de la candeur qu'on y sent,

Qu'elle doute, en cette aube pure,
Qu'il soit un coin de la nature
Où les lys sont couverts de sang.

Le sacrifice

Ses deux bras, il ne les a plus,
Mais sa foi vaillante demeure,
Les mots tendres, il les a lus,
De celle qui, très loin, le pleure.

Il est au milieu des reclus,
Dans l'hospitalière demeure
Où l'on a traîné les perclus,
Et lente et douloureuse est l'heure.

Mais la réponse aux mots très doux,
Calme, il la dicte devant tous
A quelque camarade d'arme.

Sur la lettre, il a pu poser,
Au lieu de son nom, un baiser,
Un long baiser, sans une larme !

Le baiser

Silencieuse au fond de la salle assombrie,
Par le vitrail ouvert vous viennent des parfums,
C'est le mois où la terre éveillée est fleurie,
Où la sève des bois amollit les soirs bruns.

La glycine, au rosier flexible, se marie,
Des bouquets apportés vous ne voulez aucuns,
Les mots dont vous aimiez la tendre flatterie
Vous semblent comme un vol d'insectes importuns.

Rien ne peut vous charmer des musiques câlines
Que le vent fait courir le long des branches fines.
Une lueur de flamme avive votre œil bleu.

C'est qu'à l'heure où la vie est ardente et profonde,
La France, en se penchant sur votre beauté blonde,
Vous a baisée au front de son baiser de feu !

Le portrait

———

Ce portrait, c'est bien ton visage
Pris au vif, entre deux combats,
Mais, quand je te vis au passage
Du départ prompt, tu n'avais pas

Ces traits au ferme modelage.
Ils étaient ceux du libre gars
Pour qui la jeunesse du sage
A la bonne odeur des lilas.

Ta mine maintenant est fière,
L'œil martial a la lumière
Dont l'éclair jaillit du cœur fort.

C'est d'avoir connu la souffrance
Pour tes frères et pour la France,
Et d'avoir regardé la mort !

———

Cloches

Le jour qui tombe est plein de cloches
Qui sonnent à travers les pins ;
Sur la falaise, au long des roches,
Tintent des échos cristallins.

A ces musicales approches
Qui bercent les calmes déclins,
Les roses des espaliers proches
S'effeuillent sur les murs voisins.

Leurs parfums passent dans la brise
Et meurent, à cette heure grise,
Avec le son des angelus.

Toi, dans ce soir paisible et tendre,
Sous le feu, tu ne peux entendre
Que le carillon des obus.

Nos morts

Vous qui, dans la fumée épaisse,
Tombez en nous criant adieu,
Fauchés dès la belle jeunesse
Par une faucille de feu.

Où la mort vous frappe, on vous laisse,
De la terre vous couvre un peu
Sous le seul signe qu'on connaisse,
Un képi rouge, un képi bleu...

Ces morts, aux vagues sépultures,
Dont les dépouilles sont obscures,
Et les tertres vite abolis,

Je les vois, non pas en poussière,
Mais tous, divins ensevelis,
Dans une tombe de lumière.

Contraste

Sur les froides plaines du Nord
La lutte épique continue,
Et la hampe du drapeau fort
Par nos mains fermes est tenue.

L'obus de sa dent de feu mord
La tranchée ou la plaine nue,
C'est l'incendie et c'est la mort,
Au reflet rouge de la nue.

Tout chancelle, s'effondre et meurt,
Dans l'épouvante de ce heurt
Qui ressemble à la fin des choses,

Tandis qu'ici, dans le verger,
Les pêchers d'avril font neiger
Les flocons de leurs neiges roses.

En chemin

Tous les yeux que j'ai rencontrés
M'ont dit leur histoire touchante,
Flétris par les chagrins pleurés,
Et que rien désormais n'enchante.

Dans leurs regards décolorés,
Ils ont la langueur attachante
Qu'aux lueurs des couchants cendrés
A la fleur déteinte et penchante.

Les femmes, les mères, les vieux
Ont, il semble, les mêmes yeux,
Quand leurs paupières lentes s'ouvrent.

Mais les plus tristes, les plus las,
Sur la route, on ne les voit pas,
Car des voiles sombres les couvrent.

Glas !

———

Ils dorment dans la plaine immense,
Personne ne les connaîtra,
Obscure et sanglante semence
D'où la vie en fleur sortira.

Au-dessus d'eux tout recommence
De ce qui fut et qui sera,
Sur l'éternité du silence
L'aube, comme avant, bleuira.

Dans la tourmente de mitrailles,
Ils n'ont pas eu de funérailles,
Ni le suprême adieu tout bas.

Seuls, après la grande mêlée,
Sous la nef du ciel ébranlée,
Les obus ont sonné leurs glas !

———

Les yeux fermés

Vous qui combattez et vivez,
Votre part est bonne entre toutes,
Des beaux espoirs que vous rêvez
Sont au bout des sanglantes routes.

Les souffrances vous les avez
Sans défaillances et sans doutes,
Et vos pas, sur les sols crevés,
Ne connaissent pas les déroutes.

Malgré la fatigue et la faim,
Vous songez au fier lendemain
De repos, de paix et de gloire.

Moi, devant tant d'inanimés,
Je pense aux pauvres yeux fermés
Qui ne verront pas la victoire !

Blessé !

Blessé, c'est tout et tu n'écris pas autre chose,
Et moi je m'inquiète et je te sens, là-bas,
Si misérable et loin ! Non, non, vois-tu, je n'ose
Te dire ce qu'à moi, je me dis seule et bas.

Un mot de plus, c'était facile ; je suppose
Qu'en te taisant tu prends pitié, tu ne veux pas
Que je sache ton mal, sa cruauté, sa cause
Et qu'il vaut mieux le doute à ceux qui sont trop las.

Mais ce doute me tue et j'y vois la mort même,
Pourtant je fus vaillante en donnant ce que j'aime,
Sans la révolte qu'un devoir trop haut défend.

Aussi quelle que soit la blessure ignorée,
Devant la France en sang, elle sera sacrée,
S'il me reste ta vie avec ton cœur d'enfant.

Après le départ

Rouvrirons-nous jamais la villa qui fut chère,
Dans les matins légers et dans les soirs cléments,
Où l'aube se levait d'un rose de bruyère,
Et faite pour la joie et les recueillements?

Pieusement, sans toi, j'en ai clos le mystère,
Et tous les souvenirs des tranquilles moments
Dorment dans le repos du logis solitaire,
Comme au fond d'un coffret dorment des diamants.

Maintenant je te suis dans l'ardente mêlée
Où ma vie, attachée à toi, s'en est allée,
Et je me bats partout où ton drapeau se bat.

Et si la balle vient qui te frappe à son heure
Ne crois pas qu'après toi, vivante je demeure,
Car je mourrai dans ta poitrine de soldat!

La croix

Non, ne pense pas que je pleure,
Toi qui te bats pour le foyer,
Notre champ, la vieille demeure,
Le banc de bois sous le noyer.

C'est là que nous venions à l'heure
Où le repos semble payer
De son obole la meilleure
Le temps qu'on passe à travailler.

L'ennemi ne pourra pas prendre
Ce que tu sais si bien défendre,
Fier du beau ruban que je vois.

Et quand tu reviendras de guerre,
Ce seront les jours de naguère,
Mais où j'embrasserai ta croix !

Au fils parti

La chambre est close où tu dormais,
Personne n'en ouvre la porte,
J'en garde la clef désormais,
Afin que rien de toi n'en sorte.

Je n'aurais pas cru que jamais
La solitude que m'apporte
Cette chambre en sa grande paix
Pût faire ainsi la maison morte.

Dans les jours qui vont pas à pas,
Ce n'est pourtant que du silence,
Mais il est lourd de ton absence.

Cette clef ne te dira pas
Toute la peine inexprimée
Qui suivit la porte fermée.

Après la bataille

Lutte effroyable. — Sur la plaine,
Les morts et mourants sont couchés,
Le soir, on les distingue à peine,
Sur les sillons qu'ils ont jonchés.

Ils sont une moisson humaine,
Par la balle ou l'obus fauchés,
Et gémissant leur plainte vaine,
Epars dans l'ombre ou rapprochés.

Nul secours auprès d'eux n'arrive
Pour panser la blessure vive
Ou les consoler de souffrir.

Le ciel est obscurci de voiles,
Et les yeux fermés des étoiles
Ne les voient même pas mourir !

Renouveau

Dans un coin perdu de l'Argonne,
Il fut enterré près d'un bois,
On mit un rameau pour couronne,
Son képi troué sur la croix.

Bien qu'encore le canon tonne,
La nature accomplit ses lois,
L'arbre mutilé rebourgeonne,
Au soleil des matins moins froids.

Un peu d'herbe sur le sol pousse,
La tombe se couvre de mousse,
Une fleur frêle et bleue en sort.

Et le gai pinson de la France,
Jette sa note d'espérance
Sur le képi du soldat mort !

L'enclos

Je pleure dans l'étroit enclos
Où les roses et clématites
Parfumaient notre cher repos
Et la douceur des choses dites.

Je répète tous tes propos
Sur le bonheur des petits gîtes,
Et je sens passer jusqu'aux os
Le frisson des guerres maudites.

Nous étions si bien tous les deux,
Prolongeant les moments heureux
Entre les palissades closes !

A présent c'est fini du jeu,
La tranchée aux gerbes de feu
Remplace les buissons de roses.

Le vent

Le vent souffle du Nord si lamentablement
Que j'ai peur de l'entendre et fais fermer ma porte,
Mais, par le vantail clos, passe un gémissement
Que la longue rafale obstinément m'apporte.

Cela ressemble au bruit de la vague en tourment
Quand elle s'est brisée et ruisselle moins forte
Sur les rochers des bords jusqu'au sable écumant
Où l'air traîne sa plainte avant qu'elle soit morte.

Ce vent du Nord de France est lugubre ce soir,
On dirait une voix humaine dans le noir,
Une dolente voix plus triste que farouche.

Serait-ce le soupir de ceux couchés là-bas
A qui, sur les obscurs et les terreux grabats,
Des doigts religieux n'ont pas fermé la bouche ?

Inquiétude de mère

Il fait froid, et je vois la glace
Qui rend tous les membres transis ;
Il pleut, la tempête qui passe,
Mouille capotes et képis.

Il neige, et ton pied gourd se lasse,
Le long des sillons épaissis ;
Il dégèle, la boue est grasse,
La tranchée a ses trous grossis.

Je souffre de ce ciel d'hiver,
Je le voudrais paisible et clair,
Mais sans soleil aigu qui brûle,

Car tu craignais les jours ardents,
Et nous ne sortions qu'à pas lents
Quand descendait le crépusule.

L'autre patrie

Il n'avait jusque-là vécu que pour son art,
Sa force, en plaisirs vains, ne s'était pas tarie,
Il aimait la musique et les vers, et très tard,
Il observait le ciel qu'il disait sa patrie.

Il redoutait le bruit et vivait à l'écart,
Et, comme au lierre vert la rose se marie,
On lisait, reflétée en son jeune regard,
La foi grave où se mêle une grâce fleurie.

Aux conflits des partis il restait étranger,
Mais la guerre survint et, courant au danger,
Il mourut en tenant le drapeau de l'armée.

A cette heure nocturne où, dans un long repos,
Nostalgique, il rêvait sous les astres éclos,
Il s'en alla, martyr, vers la patrie aimée !

Télégramme

Au foyer du ménage heureux,
L'annonce de mort est venue,
Ils ne seront plus tous les deux
Sur la route qui continue.

Leur joie, avec les tendres jeux,
Rien autour ne l'a retenue,
L'heure gaie, entre les murs bleus,
Est grise, maintenant, et nue....

Veuve, elle serre entre ses bras
Un tout petit qui ne sait pas
Le mystère des douleurs vives.

— Papa, pourquoi donc qu'il est mort?
Grave, serrant ses bras plus fort,
Elle répond : Pour que tu vives !

Vieux parents

Vous qui défendez la frontière,
En butte aux obus ennemis,
Vous gardez votre allure fière,
A la mort guetteuse soumis.

Si vous regardiez en arrière,
Vers ceux qui, dans vos cœurs, ont mis
L'espérance tendre et dernière,
Vous les verriez moins affermis.

Ils vous suivent dans la bataille,
Et ce qui tombe de mitraille,
Les atteint, bien que loin du rang.

Ils sont blessés de vos blessures,
Et leurs cœurs ont des meurtrissures
D'où coulent leurs larmes de sang !

Fin de héros

Né pour les grandes aventures,
Et fait pour courir sur les mers,
Sachant le tir des cibles sûres,
Il connaissait l'envol des airs.

Par ses différentes natures,
Il était lui-même et divers,
Allant de l'assaut aux mâtures,
Ou s'élevant en essors fiers.

Il disparut sans nulles traces,
On le chercha par les espaces
Où s'étaient semés ses exploits.

Frappé, dans un coin solitaire,
Il gisait sous un peu de terre,
Couvert par les feuilles des bois.

Le Rhin

Nous l'aurons le Rhin allemand,
Mais au lieu de perles nacrées
Que jetait son cours écumant,
Il roulera des eaux pourprées.

Il sera grossi par le sang
De vos légions massacrées
Sous la meule du châtiment
Que poussent nos mains resserrées.

Les chevaux des peuples vainqueurs,
A ces flots rougis par vos cœurs,
Renaclants, ne voudront pas boire,

Alors qu'aux vignobles conquis
Les vendangeurs des coteaux pris
Boiront le vin de la victoire !

Les mères

Mères, qui longuement pleurez
Les fils tombés dans la bataille,
En vos pauvres cœurs déchirés,
Je comprends tout ce qui défaille.

Vous les aviez si bien serrés,
Vos deux bras autour de la taille,
Que vous les croyiez assurés
Contre la mort, sous la mitraille.

A chacune de vous en deuil,
Je voudrais dire, avec l'orgueil
Pieux, qui grandit la souffrance :

Mère, il n'était pas né pour vous
L'enfant bercé sur vos genoux,
Mais il était né pour la France !

Pastels de Mer

1908-1910

Jonchée

Marins, je vous apporte, aux sables de la grève,
La couronne épineuse et le bouquet amer ;
La vie aventureuse est ignorée et brève,
Et vos tombes, sans croix, sont au fond de la mer !

Là-bas, le cimetière est plein de roses blanches,
Les tertres sont jonchés, comme des reposoirs,
Les saules ont des nids sonores dans les branches,
Et les lys ont fleuri d'argent les cyprès noirs.

Vous, vous êtes sans fleurs, sans offrandes sacrées,
Sans repos, dans la nuit sous marine, plongés ;
Et, roulés par les flots des changeantes marées,
Errants et voyageurs bien qu'étant naufragés !

J'effeuille ici pour vous les pieuses guirlandes,
Les iris des marais, les sauges, les roseaux,
L'œillet frêle des rocs, le thym des âpres landes ;
Les fleurs que vous aimiez près des saumâtres eaux...

Et quand la mer viendra, les vagues inlassables
Vous porteront, avec leurs flux et leurs reflux,
Ce que ma main fidèle a semé sur les sables,
Quand le clocher lointain sonnait son angelus !

Regarde vers le ciel !

Quand je ne serai plus regarde vers le ciel,
C'est là que le poète attend ce qu'il espère ;
Il ne pleurera plus dans une strophe amère
Lorsqu'il aura franchi ce qui est irréel.

C'est, là-haut, que j'aurai ce qu'ici-bas j'envie :
Une lumière d'or sur un grand tapis bleu,
Et l'orgueil de sentir que, ce qui fut si peu,
Est de l'éternité sortant d'un rien de vie.

Les choses ne sauront déchoir ni se flétrir,
Car c'est un vent de mort que le vent de la terre ;
J'aurai brisé la porte épaisse du mystère,
Et mes espoirs semés, je les verrai fleurir !...

Regarde vers le ciel, en enroulant tes voiles,
Le soir, près de la mer où la terre prend fin,
Et j'écrirai pour toi quelque sonnet divin
Avec des lettres d'or qui seront des étoiles !

La croix

———

C'était dans un étroit cimetière breton,
Où les buis se mêlaient aux roses éphémères ;
On devinait la mer au bord de l'horizon,
Par la brume bleuâtre et les brises amères.

Une femme étreignait une croix de granit,
Le visage rivé contre la pierre grise,
Les genoux sur la fosse où va ce qui finit,
Et les yeux comme clos sur la mort incomprise...

Elle semblait ne pas sentir, entre ses bras,
Le froid de cette étreinte, au haut du cimetière,
Comme si, de la poudre, enclose sous ses pas,
La chaleur de la vie eût monté dans la pierre !

———

Retour à la côte

Je pressens, par de là les mornes landes plates,
Où les mousses, aux tons fauves, tendent leurs nattes,
La mer qu'on ne peut voir, au bas des rocs voisins.
Sous le soleil qui meurt, en de pourpres déclins,
La lande rase a des miroitements de cuivre,
Où courent des lacets d'ocre clair qu'on peut suivre,
Et qui me mèneront vers les flots onduleux.
De la revoir, la mer, et ses mirages bleus,
M'intimide, en terrien qu'inquiètent les côtes :
Mais elle, bonne hôtesse, et qui fête ses hôtes,
Comme on agiterait des écharpes de lin,
Au-dessus des rocs noirs, dans le couchant d'or fin.
Ainsi que des saluts larges de bienvenues,
Balance, aux vents marins, ses hautes voiles nues.

L'absente

La maison est pleine de toi
Depuis qu'un matin tu l'as fuie,
Sans adieu, sans avoir l'effroi
Du chemin désert, sous la pluie.

Maintenant, tu n'existes plus
Que par les choses délaissées,
Et c'est dans des objets perdus
Que sont ta vie et tes pensées.

C'est dans le livre encore ouvert,
Dans le dé près de la corbeille,
Dans la lampe à l'abat-jour vert,
Dans le piano qui sommeille.

Lorsque tu t'en allas soudain,
Tu te croyais toute partie,
Voici le gant où fut ta main ;
Non, tu n'étais qu'un peu sortie.

La poupée

Elle est toute petite, elle tient sa poupée
Devant la grande mer aux flots calmes et lents ;
Des jupes de sa bonne, elle s'est échappée
Pour venir, là, mouiller ses tout petits pieds blancs.

Elle montre la vague au baby qu'elle choie,
Enroulé d'un linon noué d'un court ruban,
Lui fait toucher l'écume avec des cris de joie,
Heureuse, en liberté, de faire la maman.

Mais la mer, tout à coup, devient haute et méchante,
Et la poupée a peur entre les frêles bras.
« Ne pleure pas, baby, tu vois bien qu'elle chante,
Je suis là, ne crains rien, elle ne viendra pas ! »

Mais, terrible, elle monte, et l'enfant maternelle
Éveillée au danger du long flux entraînant,
Va poser son baby sur le sable, loin d'elle,
Et, sans trembler, dit à la mer : Viens maintenant !

La mer que je connais

La mer que je connais est calme, maternelle ;
J'ai peur de trop grands mots lorsque je parle d'elle ;
C'est une mer d'été vue en mes premiers ans,
Avec, dans ses flots verts, un reste de printemps.
Son écume semait, de fleurs diamantées,
Les sables enliseurs d'épaves rejetées ;
Telle elle m'apparaît, la même, chaque fois.
Aussi, quand vient l'été, lorsque je la revois,
Mes mots ne s'enflent pas plus que n'enflent ses vagues ;
Je lui tiens des propos mêlés aux remous vagues,
Effusion d'instincts, au fond de moi dormants ;
Et ses réponses sont de frais chuchotements.
La mer d'hiver, la mer méchante, aux bonds sauvages,
La mer tueuse des marins chassés des ports,
Je ne la connais pas : elle a couvert ses morts
Des larges plis changeants que chaque flot déroule,
Et moire, au clair soleil, les frissons de sa houle.
Le sang qui la rougit a, depuis, coloré
Le coquillage rose et le corail pourpré,
Et, si loin que mon œil sur son infini plonge,
Je vois une caresse immense qui s'allonge.

Le rouet de la mer

Le soir, sous les pins de la dune,
Où la brise a le goût amer,
Quand le ciel est pâle de lune,
J'entends le rouet de la mer.

Sans trêve, au lointain, il ronronne,
Infatigable et trépidant,
Comme sur les feuilles d'automne
Le vent rythme un râle obsédant.

File-t-il pour les épousées,
L'inlassable rouet des mers,
Pour les belles aux chairs rosées
Qui s'enroulent de voiles clairs?

File-t-il pour faire des langes
Aux nouveau-nés des matelots?
Car ce sont de tout petits anges,
Avant qu'ils aillent sur les flots.

Le rouet, aux soirs mortuaires,
Gris d'une cendre de tombeaux,
File pour tisser des suaires
Aux morts qui sont au fond des eaux.

Le nid sur la falaise

Dans le creux d'un rocher j'ai caché mon bonheur,
Un soir d'été, quand l'ombre enveloppait la terre,
Et dans un coin j'ai mis, frais éclos de mon cœur,
Tous les rêves qui sont des oiseaux de mystère.

Et puis, pieusement, comme on entoure un nid,
A travers les œillets et les menthes penchées,
J'ai tapissé le roc, plus dur que le granit,
De chardons duvetés et de mousses séchées.

Mais l'orage est venu qui souleva la mer.
Elle battit le roc de ses paquets d'écumes,
Et le nid, qui gardait le trésor frêle et cher,
Vit ses rêves roulés des flots, comme des plumes.

Le phare

———

Plus haut que ne sont nos regards,
Le phare, au grand œil de lumière,
Projète, à travers les brouillards,
Ses rayons sur la mer entière.

Il voit où nos yeux ne voient plus,
Dans les replis de l'ombre morte ;
Mais, au noir des confins perdus,
C'est un peu d'âme qu'il apporte.

L'homme est derrière ce qui luit,
Veilleur fidèle de la côte,
Qui semble, au-dessus de la nuit,
Tendre la torche claire et haute.

Aussi, seule, en l'opacité
Des eaux où la brume sommeille,
La voile sent, dans la clarté,
Passer de la bonté qui veille.

———

Suprême gîte

A l'extrême déclin je ne chercherai pas
Le cottage coquet et fleuri de lilas
Où les vieux souvenirs ont de jeunes visages ;
Je m'en irai très loin de ces souples feuillages
Qui balancent des fleurs et des rêves légers ;
Rêves d'argent, avec les fleurs des orangers,
Et rêves d'or, avec les grappes des cythises :
A l'âge où tous les jours sont pleins de cendres grises,
J'irai dans quelque hutte, aux entours d'un rocher,
Où le bruit de la mer, seul, viendra me chercher ;
Là, je verrai passer, par les fentes des planches,
Les grands oiseaux du large avec leurs ailes blanches
Et les voiles qui s'en iront vers l'inconnu...
Je n'aurai plus qu'un songe au pied du rocher nu :
Il ne me viendra pas de la fleur éphémère
Ou du papillon bleu de l'errante chimère,
Mais des flots qui, passant la ligne de la terre,
Vont, pareils à notre âme, au devant du mystère.

Si vous avez pleuré

Si vous avez pleuré tout au haut de la dune,
Montez, asseyez-vous sur les œillets fleuris,
A l'heure où, dans le ciel, s'épanouit la lune,
Et quand la mer est blanche, au pied des rochers gris.

Laissez vos yeux dormir grands ouverts sur l'espace,
Ecoutez votre cœur dans ce silence clair,
Où rien ne bouge, au ras des dunes, ni ne passe,
Hors le soupir profond qui soulève la mer.

Ecoutez votre cœur dans cette solitude ;
Ce confident discret a peur du trop grand jour,
C'est une fleur pour qui le soleil est trop rude,
Et le souvenir veut la nuit, comme l'amour.

Si vous avez pleuré, la souffrance abolie
Ne vous hantera plus de son visage amer,
Elle sera pour vous la morte ensevelie
Sous le grand voile blanc qui recouvre la mer !

Vœu de poète

Puisque la vie emporte au-delà quelque chose,
En des reculs lointains que nous ne savons pas,
Que ce peu de moi-même aille vers la mer rose
Du soleil qui s'éteint jusqu'à l'aube lilas.

Et que ce peu qui reste au bord de cette plage
Soit porté par la voile à ce couchant fleuri,
Afin que le passé, bercé des flots, voyage
Vers un parterre de lumière, où m'ont souri

Les matins mordorés, les mauves crépuscules.
Il me plaît de penser que, là, voltigeront
D'anciens rêves légers comme des libellules
Et, qu'où s'épanouit le soleil, ils iront !...

Le Requiem de la mer

La mer mystérieuse est sombre ; de sa houle
On ne voit qu'un ourlet blanchissant, sur les bords,
Elle est pareille à ces draps noirs que l'on déroule,
Frangés d'argent, sur les cercueils où sont les morts.

Elle recouvre aussi des trépassés sans nombre,
Les marins endormis dans la fosse des flots ;
C'est un anniversaire ancien qui la fait sombre ;
La date d'un naufrage au milieu des îlots.

Et le ciel est tendu de grands crêpes funèbres,
Piqués de cierges d'or sous une nef d'étain.
Les rocs, où l'on pleura, déserts dans les ténèbres,
Montrent qu'on oublia le naufrage lointain.

Mais la mer est fidèle, elle a, comme l'église,
L'office pour les morts qui sont au fond des eaux,
Et l'on entend les sons d'un orgue dans la brise,
Comme un écho de requiem sur les tombeaux !

La gueuse

Le ciel tend sur les flots son grand parasol bleu ;
La robe de la mer a des reflets de perle,
Et l'écume des plis blancs se frange de feu
Sur les bords où sa traîne, en bruissant, déferle.

Coquette elle s'orna de ses purs diamants ;
Elle ondule, se joue, et sa large caresse
De tous les horizons appelle les amants.
Ils ont hissé la voile et vu la charmeresse.

Ils quittent, les marins, l'asile du vieux port,
Pour suivre ses appels vers des noces étranges.
Ils la posséderont toute, mais dans la mort,
Quand elle entr'ouvrira sa robe aux longues franges...

Soleil éteint

Le soleil penche sur la mer,
Pâle à mesure qu'il décline,
Il laisse un long sillage clair
Dont la brume, autour, s'illumine.

Aux yeux vieillis, aux yeux naissants,
Il a tant versé de lumières,
Tant ravivé d'agonisants,
Tant séché d'humaines paupières,

Qu'il n'a plus en lui de clartés.
Et quand l'éclat des rayons dure,
En reflets d'or répercutés.
Il n'est plus qu'une chose obscure.

Éventail marin

La mer est un large éventail
Qui, déroulant de blanches plumes,
Tord ses lames d'un bleu d'émail,
En souples volutes d'écumes.

Éventail aux mouvants remous
Pareil à des cadences lentes,
Il semble couvert de bijoux
Pendant les nuits étincelantes.

Pourtant cet éventail charmeur,
Au léger battement qui frôle,
A des souffles dont le rameur
S'épouvante, en gagnant le môle.

C'est lui, dans les ténébreux soirs,
Qui soulève les étendues,
Et jette, sur les récifs noirs,
Les barques, au large, perdues...

Par le ciel changeant, sombre ou clair,
On ne sait comment se déploie
Le large éventail de la mer
Qui gonfle la voile ou la noie.

Mirage en mer

———

Le ciel est pourpre, il naît des roses ras le ciel,
L'étendue, au couchant, en est tout couverte ;
Une odeur de bouquets erre, mêlée au miel
Des ajoncs sur les bords de la mer qui fut verte.

Qui féconda l'écume et la fit se fleurir,
Comme fleurit la mousse après les mois moroses ?
Et d'où vient ce jardin déjà près de mûrir,
Avec ses graines d'or qui pleuvent sur des roses ?

Voici, dans le lointain, de grands papillons blancs :
Les voiles dont le vent enfle l'aile élargie,
Et qui vont, de leurs vols penchés et vigilants,
Vers cette île féerique et sa flore surgie :

Sous les jeux du soleil et les reflets des flots,
Les mers, en leur mirage, aux déserts sont pareilles,
Et, las d'immensité vide, les matelots
Peuvent poser leurs yeux sur des haltes vermeilles.

———

Sports de plage

C'est du bleu sur la mer, c'est de l'or sur la plage,
C'est l'écume du sel et son odeur d'iris ;
C'est le vol des oiseaux blancs sur le roc sauvage,
Et c'est la neige rose autour des tamaris.

C'est, dans le plein midi, l'arc-en-ciel des ombrelles,
Dont le reflet se croise en aiguilles de feu,
C'est l'écharpe qui met, aux épaules, des ailes
Où s'éparpille aussi l'or, le rose et le bleu.

C'est la plage au foot-ball, au tennis, où l'on joue,
Avec les rires et les cris des écoliers ;
Une fleur pourpre éclot, au soleil, sur la joue,
Que l'on cueillerait dans des jeux plus familiers.

Mais des regards sont là, prompts ainsi que les balles ;
Et l'on tremble devant ces témoins indiscrets.
Et l'on rêve du ciel, aux lueurs sidérales,
Ces doux yeux de la nuit, indulgents aux secrets.

Et quand le bras se fait plus souple et fort, et lance
La balle qui va droit, ou ricoche et se perd,
On paraît ennemis, mais en son cœur, on pense
Qu'au soir on ne l'est plus, sur le tennis désert.

Pendant l'absence

J'ai cueilli, sous les pins, les fleurs que tu cueillais,
Les immortelles d'or et les mauves œillets,
Puis les chardons aigus, aux feuilles vernissées,
Où si souvent les mains promptes se sont blessées ;
Et je te sentais si présente à mes côtés,
Tes cheveux tout brillants de gouttes de clartés,
Ton écharpe accrochée aux dents de quelque ronce,
Que, te parlant tout bas, j'attendais ta réponse.
Et je ne savais pas, dans ce bois, si c'était
Ta voix que j'entendais où l'oiseau qui chantait.
Mais lorsque je revins lentement sous la brume
Du soir, où la fraîcheur a le goût de l'écume
Saline de la mer bruissante, tout près,
Quand, sous les peupliers aux profils de cyprès,
Je rouvris le chalet proche de l'avenue,
Je sentis que l'entrée était déserte et nue.
Tout mon cœur, qui traînait à chacun de mes pas,
Semblait lourd, comme après la marche qui rend las.
La lampe était éteinte et, dans le vestibule,
Plus qu'au dehors, glissait le triste crépuscule.
Un vase du Japon, que ta main fleurissait,
Sur la crédence, au ras du mur, apparaissait.

Je tenais le bouquet aux feuilles vernissées
Où j'avais à mes mains senti tes mains blessées,
Mais tu n'étais plus là présente, comme au bois ;
Par le noir escalier s'en allait l'autrefois,
Vers le vide, là-haut, que le silence écrase...
Et je laissai les fleurs mourir auprès du vase.

Vers le soir

Las des yeux trop hantés et des Livres trop lus,
Je suis venu m'asseoir au rocailleux talus
D'où les yeux plongent sur la mer illimitée.
Bien souvent, je l'avais, en silence, écoutée.
Ancestrale berceuse, aux bruissantes voix
Qui savent nous parler comme parlent les bois,
Vieille chanson des temps que le temps renouvelle.
    La paix du soir était ardente et solennelle,
Car le ciel s'empourprait du soleil au déclin.
Une barque, tendant sa voilure de lin,
Semblait prendre à la fois les eaux et la lumière,
Et dresser sa mâture en croix pour la prière.
    J'épiais l'horizon, peu à peu pâlissant :
Sur le ciel vert parut la blancheur d'un croissant,
Tandis que s'allumait une étoile tremblante.
Bientôt le soleil pourpre, en sa chute très lente,
A l'heure de marée, où la vague se plaint,
Descendant vers l'obscur abîme qui l'éteint,
Ne fut plus, au couchant, dans le lointain des lieues,
Qu'un peu de cendre d'or au fond des brumes bleues.

Souvenir

La lune est froide et blanche au-dessus de l'if noir,
Et la pluie a glissé de l'hiver dans le soir.
Tu frissonnes sous les plis minces de ton châle,
Tu ne reconnais plus le ciel devenu pâle ;
Nous étions, au soleil, si bien blottis, tous deux,
Dans la dune où nos corps faisaient à peine un creux ;
Et, sous le vol aigu de l'insecte qui rôde,
Ta lèvre, des baisers gardés, était si chaude,
Nous avions tant couvé, par ce midi du jour,
Le feu mystérieux de notre jeune amour,
Et, dans l'ardente, et dans la commune prière,
Tant adoré le ciel, sa vie et sa lumière,
Qu'il semble que la mort nous regarde, ce soir,
Par cette lune blanche au-dessus de l'if noir !

Promenade

J'ai parcouru, ce soir, les calmes avenues
Où les bruits s'éteignaient sous les rignes des murs ;
Ça et là des lueurs, comme un point d'or, ténues,
Clartés de vers luisants dans les rameaux obscurs.

On distinguait la mer apaisée et sans voiles,
Comme un lac miroitant de fugitifs reflets,
A l'heure blanchissante où naissent les étoiles
Tandis que, sous les pins, sommeillent les chalets.

Je passais doucement devant les grilles closes,
Écoutant ce silence où l'on sent de la mort,
Le parfum m'arrivait des invisibles roses
Qui s'effeuillaient pendant que la lumière dort.

Soudain, le cri gémi, très loin, d'une sirène
Traversa l'air, avec le râle qui le suit ;
C'était comme un sanglot perdu de quelque peine
Qui veillait seule au fond de l'odorante nuit.

Le poète

Comme il rêve devant le ciel tout blanc d'étoiles,
Elle vient et défait l'agrafe de ses voiles.
Curieuse, elle épie et veut savoir comment,
Par quel secret de l'art ou quel enchantement,
Les vers mystérieux prennent leur vie ailée ?...
Elle s'est, par ses yeux inquiets, révélée,
Et lui, pour satisfaire au désir ingénu,
D'un geste évocateur, qu'elle n'a pas connu,
Lui dit, faisant appel à sa jeune mémoire :
— N'avez-vous jamais vu, du haut d'un promontoire,
L'océan qui sommeille infini sous les cieux ?
Il est calme, il est vide, il est silencieux ;
Mais, tout à coup, quittant on ne sait quelles branches,
On voit, sur les flots bleus, passer des ailes blanches :
C'est ainsi qu'il surgit en nous, d'obscurs lointains,
Des rêves échappés à des nids incertains ;
D'un battement d'essor, ils rythment la pensée
Qui, peu à peu, s'élève, altière, cadencée :
Et les vers, éployant leurs vols étincelants,
Planent dans la clarté comme des oiseaux blancs !

Désenchantement

Le matin était frais, juste éclos et nacré,
Un matin jeune et fait pour qu'on se sente vivre ;
J'errais sur les rochers, au varech mordoré,
Où le crabe, courant de côté, semblait ivre.

Les mailles des filets perlaient de gouttes d'or
Qui ruisselaient aux creux des roches miroitantes,
Et des oiseaux criards, levés en fol essor,
Becquetaient les rayons sur les vagues montantes.

Ce matin où vivaient la jeunesse et l'espoir,
Beau comme le destin, à ses aubes naissantes,
Il s'est décoloré, pris par l'ombre du soir,
Et j'ai compris le deuil des gloires finissantes.

Madrigal marin

Il pleut du soleil sur la mer
Et la mer en est toute rose,
Toute rose, et son cœur, amer
D'avoir tant gémi, se repose.

S'il pouvait pleuvoir de l'amour
Sur votre cœur d'enfant farouche,
Peut-être seriez-vous, un jour,
Moins ennemie au mot qui touche.

La pluie est douce à toute fleur,
Elle la relève fanée,
Et recolore sa pâleur :
Plus qu'elle êtes-vous obstinée ?

Regardez pleuvoir sur la mer
Le soleil qui métamorphose,
Et que votre cœur soit pareil
A son cœur qui se change en rose.

Vieux refrain

« A la pêche des moules
Je n'veux plus aller. »
Ce refrain porté par les houles
De si loin semble me parler !

Je l'entendis dans mon enfance
Sur les genoux de quelque aïeul,
Il revient avec persistance,
Alors que je suis vieux et seul.

Il m'obsède, de roche en roche,
Quand j'y traîne un pas fatigué.
C'est comme un son lointain de cloche,
Si triste d'avoir été gai.

Il a fait danser bien des filles
Et réjoui bien des garçons.
Et dans les eaux, jusqu'aux chevilles,
Causé bien d'amoureux frissons.

Dans ces eaux d'anciennes marées,
Désormais, je ne pêche plus,
Et ce sont des eaux retirées,
Et ce sont des pays perdus !

La douceur, du moins, m'est restée
Du joyeux refrain d'autrefois,
Et si la chanson m'est chantée
J'en aime son air saintongeois.

Le roc

C'était un roc feutré de mousse dans les sables
Où les œillets naissaient, tout autour, au soleil.
Il appelait la paix et le divin sommeil.
Quelquefois, un berger, laissant errer ses chèvres,
S'y reposait avec une flûte à ses lèvres,
Et le mince roseau, sous ses agiles doigts,
Redisait tous les bruits qui courent dans les bois.
Et c'était le frisson des eaux de la fontaine,
La tristesse des pins ou de la mer lointaine,
Et le babil du tremble et des nids et du vent,
A l'heure rose où le matin est revivant.
Mais vous êtes venus, flots montants de marée,
A ce roc ignoré de la dune sacrée,
Insensibles au chant mystérieux et beau,
Et vous avez noyé la flûte de roseau !

Midi

La mer est une nappe immense de soleil
Où la voile en s'ouvrant glisse un flottant nuage,
Les dunes sont, au loin, comme un troupeau vermeil
Dont luit la croupe, dans un repos de pacage.

C'est la chaude splendeur du midi rayonnant,
L'implacable lumière où brûle l'heure ardente,
Le vent muse parmi les pins, et retenant
Son souffle, le parfume aux senteurs de la menthe.

Baisse le store clair, comme un voile jeté
Sur l'éclat cru du jour dont le reflet te blesse,
Et, pareille à la fleur qui craint trop la clarté,
Epanouis, dans l'ombre rose, la caresse !

La symphonie de la mer

Sur le sable empourpré par le soleil couchant
Où traînait, déchiré, le voile de la brume,
Avec leur plainte, avec leur joie, avec leur chant,
En robe verte ou bleue et leurs traînes d'écume,

J'ai vu venir toutes les vagues de la mer,
Et l'une était joueuse et l'autre était dolente,
Et l'accord alterné du thème sombre ou clair
Se mêlait au devant de ma marche plus lente,

Et ces sons évoquaient des mondes plus lointains
Disant la joie aussi, de la douleur suivie ;
Sous tous les cieux, et par les nuits et les matins,
Dans l'immense rumeur de l'orchestre de vie.

Vision de poète

J'ai rêvé que ton âme était une mer bleue,
Et notre amour, la voile blanche qui s'en va
On ne sait où loin de notre calme banlieue,
Et ce rêve d'un peu de brise s'avisa.

Mais cette brise est si traîtresse que je n'ose
Penser à ce qui peut en venir le danger ;
Une barque sur l'eau, c'est la fragile chose
Qu'un seul flot soulevé suffit à naufrager.

Ah ! si ton âme bleue était la mer d'orage,
Si la voile, n'ayant d'ancre que mon baiser,
Ne pouvait pas lutter contre le vent sauvage
Où le flot menaçant trop lent à s'apaiser !...

Rassure-moi pour que ce rêve heureux me hante
Avec moins de tourment, bien qu'il soit irréel,
Et fais que toute crainte, en l'écoutant, me mente
Et que je crois au bleu qui peut être éternel.

L'attente

Sur un roc dominant la falaise et ses pointes,
Les mains aux doigts croisés, comme en prière, jointes,
Accropie, et le dos rigidement voûté,
Je l'ai vue obstinée et, du même côté,
Regardant vers la mer indifférente et nue.
Je compris le secret d'attente continue
De ce corps immobile et d'où plus rien ne sort :
L'homme parti très loin du proche petit port,
Et qui ne revient pas après des jours d'orage...
Et je sentais l'obscur et le divin courage,
De cet œil impassible, où meurt le soir amer,
Qui vivait seulement pour regarder la mer.

Souvenir

Je me souviens qu'auprès de la mer, côte à côte,
Nous marchions sous la lune amincie en croissant.
Des feux distants luisaient, çà et là, sur la côte,
Et, sous nos pas, le sable était phosphorescent.

De minces serpents d'or s'enroulaient d'étincelles,
Des diamants poudraient la plage par milliers,
Lucioles des nuits mais qui n'avaient pas d'ailes,
Et qui nous rappelaient de lumineux sentiers.

Aujourd'hui, je vais seul et la plage est obscure,
Les feux se sont éteints, leur reflet, effacé ;
Ce fut l'enchantement d'un soir et qui ne dure
Que l'instant du mirage où l'amour a passé !...

Le nid dans le roc

Je suis le roc où la tempête s'est tordue,
Et plein de grondements sinistres quand le flot
S'engouffre, après avoir roulé sur l'étendue
Des eaux blêmes, le bruit d'un infini sanglot.

Je m'offre aux vents aigus qui lacèrent les côtes
Et luttent, opposés, de tous les océans ;
Je suis amer du sel jailli des lames hautes
Et miné sans repos depuis des milliers d'ans.

J'ai trêve seulement lorsque l'oiseau qui passe
Pose son aile blanche aux fentes du granit.
Son aile aussi battue aux vents du large et lasse,
Et quand je crois qu'il va bâtir en moi son nid.

Avenir

Deux ombres sur la plage claire.
Elle pense, lui se souvient.
La lune de haut les éclaire,
Comme une lampe qu'un bras tient.

Elle pense à la vie austère,
Lui se souvient qu'ils sont venus
Au bord de la mer solitaire,
Petits, et courant, les pieds nus.

Elle avait des façons gentilles
De babiller avec les flots,
Et de faire, avec les coquilles,
Des bracelets ou des grelots.

Plus tard, ce fut la demoiselle,
A la robe longue à plis droits,
Jouant, espiègle, avec l'ombrelle
Ou tenant la raquette aux doigts.

La demoiselle qui, sans pose,
Va, vient, court, tourbillonne et rit,
Et qui poursuit un rêve rose,
Comme un papillon de l'esprit.

Maintenant, très grave, obstinée,
Elle regarde vers la mer
Qui lui semble sa destinée :
Sombre, avec un peu de ciel clair.

Les œillets

Quand la mer s'avançait en sa lente marée,
J'ai posé sur le sable un bouquet d'œillets morts ;
Le couchant s'éteignait et sa clarté cendrée
Traînait sur les galets ses reflets de vieux ors.

Et ce bouquet, cueilli sur les falaises proches,
Que nos mains lentement avaient fait, fleur à fleur,
Gardait l'odeur de sel pris aux embruns des roches,
Et la douceur du soir était dans sa pâleur.

Très calme, je l'ai mis sur le sable insensible,
Comme effeuillé d'un cœur fatigué de souffrir,
Et j'ai vu, peu à peu, monter la mer paisible
Vers ce débris d'amour qu'elle allait recouvrir.

Et maintenant la mer le roule avec le sable,
Avec ce qu'elle a pris qu'elle ne rend jamais...
J'ai donné ce qui fut du monde et périssable ;
Et gardé l'éternel souvenir dans la paix !

Morte saison

Quand ils auront tous fui la plage solitaire,
C'est pour moi que la mer déroulera ses flots,
Pour moi que passera, cherchant une autre terre,
La caravane des émigrants paquebots.

J'aurai pour moi le ciel paisible et ses étoiles,
La falaise rongée aux pieds des chênes verts,
A l'aube, le soleil sur l'essaim blanc des voiles,
Et, seul, je m'assoirai sur les rochers déserts.

La mer ne sera plus une mer de théâtre
Au frivole public d'inconnus promeneurs,
Et l'estrade où l'on boit, comme un amphithéâtre,
Ne me jettera plus ses profanes rumeurs.

La mer n'est pas pour le retraité de banlieue
Ni pour le citadin, mais pour celui qui sent
Dans le recueillement de sa grande âme bleue
Son rêve d'infini qui dort, éblouissant.

Marine

Je ne veux pas toute la mer,
Oh ! non, pas toute, elle m'effraie ;
Je la veux comme un pastel clair,
Dans un cadre d'étroite baie.

Elle aura de gentil remous,
A l'heure où la vague déferle,
Un bruit de soie et de froufrous,
Et des miroitements de perle.

Ses voiles, aux essors tremblants,
Craintives des lointaines lieues,
Feront croire à des oiseaux blancs
Imagés sur des moires bleues.

Et devant ce décor clément
D'une mer inviteuse aux sommes,
J'oublierai l'épouvantement
De la grande mangeuse d'hommes.

Vision

Lorsque tu pris la mer sur ta barque, à l'avant,
Tu tenais, à pleins bras, les œillets et les menthes ;
Les cheveux dénoués, en voile blonde au vent,
Superbe, tu régnais sur les vagues clémentes.

Ta tunique était blanche et comme un pli jeté,
Les eaux, reverbérant les frondaisons de terre,
Caressaient de reflets printaniers ta beauté ;
Et ton sourire avait le divin du mystère.

Tu partis ; mais d'où vient, qu'à présent je te vois
Sombre, le ciel éteint sur ton chemin de gloire ;
Les flots sont soulevés, tes bras vides en croix,
Et les œillets flétris sur ta tunique noire.

La terrasse près de la mer

On voit sur la terrasse où l'heure efface l'heure,
Pendant que je m'y tiens assise obstinément,
A travers les rameaux qu'un vol rapide effleure,
Apparaître la mer et son miroitement.

Elle est là, mais si près des verdures mouvantes
Qu'on doute qu'elle soit la mer des grands récifs,
La redoutable mer semeuse d'épouvantes,
Engloutisseuse des hauts mâts et des esquifs.

Et cependant, parfois, grossit sa voix profonde,
Les flots ne luisent plus du soleil reflété,
L'orage la laboure et chaque vague gronde ;
C'est un drame d'hiver vu du jardin d'été.

Alors, je dis à l'arbre à la souple ramure
D'abaisser son feuillage et d'en faire un rideau,
Afin de ne pas voir cette bataille obscure
De la vague puissante et du frêle bateau.

Et derrière l'écran des feuilles remuées
La prière me vient du tout petit enfant :
« O, mon Dieu, dispersez les vents et les nuées,
Et que le flot s'apaise et ne soit pas méchant ! »

Loup de mer

Joël, le vieux marin, sur son lit agonise,
La mer fut sa patrie et la mer son église,
Elle sera sa tombe. On sait qu'il ne veut pas
Sa fosse au cimetière et le pli blanc des draps.
Sa hutte est sur le roc et des embruns mouillée,
Sans un arbre, sans fleur et jamais verrouillée.
D'autres marins sont là près du grabat de bois.
Il leur dit : — Mes amis, parlez-moi d'autrefois,
Mais que la porte soit ouverte toute grande ;
Je veux mourir le dos tourné contre la lande,
En écoutant le glas des flots, loin des vieux ports ;
C'est pour moi que la mer dit la messe des morts.

Les flots

Les flots, ce sont les jours innombrables des mers.
Les uns, comme les jours humains se lèvent calmes,
Ils caressent, frangés de blanc, les sables clairs,
Et leurs remous ont des bruissements de palmes.

D'autres, ainsi qu'on voit poindre les jours mauvais,
Se dressent menaçants, enflés de houle prompte,
Et les marins ont peur des embruns plus épais,
Et, sur le ciel bruni, du nuage qui monte.

Pourtant la barque peut braver les flots hautains,
Leur flux et leur reflux et la mort qui s'y mêle ;
Victorieuse, elle est la même, aux lendemains,
Quand les jours de la vie usent notre corps frêle.

La musique des pins

La musique des pins de la forêt mouvante
M'a bercé longuement près des eaux de la mer,
Et je la réentends plus profonde et vivante
Chaque fois qu'apparaît la plage au sable amer.

Berceuse de nos ans premiers sur le rivage,
Elle fut la chanson au refrain caressant,
Sa symphonie agreste, accompagnant chaque âge,
Après l'enfant naïf, charma l'adolescent.

Tout le long de la vie, harmonieuse et tendre,
Elle sut apaiser les chagrins desséchants,
Je n'avais qu'à prêter l'oreille pour l'entendre
Avec son bruit lointain de feuilles et de chants !

Mais, aujourd'hui plus grave, endormeuse bénie,
Elle balance en glas ses rythmiques accords,
Et l'on dirait, mêlée à quelque litanie,
Une cloche qui tinte au milieu d'un bois mort.

De la falaise

Lentement, comme avec des douceurs de caresse,
L'ombre descend, s'allonge, enveloppe la mer,
Et, seul, près de la côte où le môle se dresse,
L'œil d'un phare lointain jette son regard clair.

Et dans cette ombre vont des voiles invisibles,
Les unes vers le large et d'autres vers le port ;
Rien ne paraît troublé des espaces paisibles,
Car le silence obscur est semblable à la mort.

Mon âme est une mer qu'emplit le crépuscule,
Où passe aussi la voile ouverte au vent du soir.
Sur les bords assombris aucun fanal ne brûle,
Et la voile se perd dans de l'infini noir.

Le petit port

J'aime le petit port, ses bras de pierre ouvrant
Leur refuge contre la mer et le courant
Qui fait sombrer la barque, aux temps des vagues fortes.
Ses eaux sont calmes, on croirait qu'elles sont mortes ;
Et les voiliers, avec leurs ancres au repos,
Ont l'air, dans un bercail, de paisibles troupeaux
Qui paîtraient le varech porté par les marées.
Les tempêtes leur sont, à l'entour, mesurées,
Et le soleil, le jour, et la lune, la nuit,
Semblent le bon berger qui, pour les garder, luit.
Dans cette anse, où les mâts croisés, comme des branches,
Se profilent, parfois s'enflent les voiles blanches :
Ce sont les âmes des barques, qui, revivant,
Ont vu passer, au loin, en marche, sous le vent,
Les grands bateaux qui vont vers d'inconnus espaces.
De leur repos, l'ancre jetée, elles sont lasses,
Et dans le miroitant remous des paquebots,
Elles s'en vont aussi vers l'au-delà des flots...
Les rameurs ont franchi le port, les bras de pierre
N'ont pu se refermer ni tenir prisonnière
La flottille qui part vers les hasards lointains,
Mais ils restent ouverts, et par les vents mutins,
Quand la mer sapera les herses et les digues,
Ils seront là, tendus vers les barques prodigues.

Le vase de grès

A la côte où je vis poussent la ronce rêche
Et le houx barbelé de dards et le genêt ;
Le roc s'effrite et sème au vent sa poudre sèche ;
Aucune fleur ne croît parmi le serpolet.

Sur ma table, dans le vieux grès aux tons de cendre,
Se hérisse un bouquet raide, à l'arôme amer,
Ses feuilles de métal n'ont pas de reflet tendre,
Et le printemps le voit tel que l'a vu l'hiver.

Ce matin, une main, aux surprises câlines,
Y glissa des bouquets frêles, presque fleuris,
Mais bien vite, mordus des sauvages épines,
Ils m'ont fait un tapis rose de leurs débris.

La mort du soleil

Ainsi que Josué, dans ta marche, ô soleil,
Je t'arrêtai ; là haut, sur ton chemin vermeil,
Tu flamboyais, comme une énorme et pourpre rose,
Et mon bras fort qui ploie ou rive toute chose,
Semblait t'avoir cloué pour jamais sur les cieux.
Et je te contemplais, au zénith, radieux,
Donnant au jour caduc l'éternelle durée.
Tout l'espace était plein de lumière pourprée,
Les plaines et les monts, les bois, autout de moi,
S'enveloppaient d'aurore et rayonnaient par toi.
Mais, à présent, voilà que, déliant d'étreinte,
Tu descends ; ta clarté première s'est éteinte,
Tu suis en déclinant la courbe de l'éther
Et penches, comme un globe obscurci, vers la mer...
Sous les reflets plus courts et les lueurs cendrées,
Les plaines, alentour, se sont décolorées ;
Les monts, les bois ont pris l'aspect morne d'hiver ;
Et la nuit vient, car tu plonges mort dans la mer.

Tristesse

Je suis triste d'avoir trop regardé la mer,
Quand le soir vient avec la brume au goût amer,
D'avoir trop regardé vers la ligne perdue
Qui s'en va dans l'obscur recul de l'étendue,
Et d'avoir vu s'éteindre, avec le ciel bruni,
Les feux des paquebots qui vont vers l'infini.
Je suis triste du bruit des ondes remuées
Où passent les éclairs de soufre des nuées,
Et du grand vent qui fauche, au ras des eaux, les mâts.
Je suis triste surtout, quand, sur les rochers bas,
Humides des embruns qui montent de l'écume,
Une femme s'asseoit, lentement, dans la brume,
Et, devant le silence et l'ombre de la nuit,
Regarde sur la mer si quelque chose luit...
Elle est là, face à face avec la solitude,
Et bien que la journée ait eu sa tâche rude,
Elle fuit le sommeil des courages, les yeux
Ouverts sur l'Océan qui dort mystérieux.

Mer intérieure

C'est en fermant les yeux que je vois mieux la mer,
Et mon âme est la plage où, sur un sable clair,
Elle monte, s'étend, infinie et sonore.
Elle n'est pas farouche, un soleil blond la dore,
Frangeant de ses clartés les voiles qui s'en vont.
Elle est limpide et calme et je vois, tout au fond,
Ses algues, comme autant de flottantes prairies,
Où les galets luisants sèment des pierreries.
Le mobile reflet d'un arc-en-ciel changeant
Irise de ses jeux les nageoires d'argent.
Le flot déferle et meurt, caressant à la plage,
Et jamais de tempête et jamais de naufrage
Sur cette mer entrée en ma vie, où je sens
Qu'elle rythme mon rêve et le module, sans
Le flux et le reflux des tragiques marées,
Mêlant les os des morts aux coquilles nacrées.

Soirs d'orage

Parfois, lorsque le soir sombre est chargé d'orage,
Je suis, parmi les rocs, quelque sentier sauvage,
Et j'écoute monter, dans un sourd roulement,
La tempête qui couve au ciel obscurément.
Les toits des logis bas, aux revers de la dune,
Me semblent d'autres rocs dans les sables tapis
Où, comme des troupeaux qui seraient assoupis,
L'ombre croît menaçante et la mer se soulève ;
Chacun des flots grondeurs apporte un mauvais rêve
A ces gîtes obscurs des femmes de pêcheurs.
Ça et là, quelque feu luit, et mes yeux chercheurs
Interrogent cette lueur inattendue,
Etoile clignotante et comme suspendue
Dans l'ombre qui descend du ciel tragique et bas :
Et je crois voir brûler, au chevet des grabats,
Sous la vierge de plâtre et les images saintes,
Le cierge par qui les tempêtes sont éteintes.

L'engloutisseuse

Je n'aime pas à voir la mer, elle m'effraie,
Elle a tant englouti de continents perdus,
Tant balloté de morts sur sa mobile claie,
Tant fait pleurer d'enfants, de veuves, bras tendus !

Elle est l'inexorable et le profond mystère,
Tout sort d'elle pour y rentrer obscurément,
Ce n'est qu'une île, sur ses flots, que notre terre,
Une barque, jouet d'un orage dément.

Et l'orage viendra, formidable et suprême,
Les déluges anciens ne seront rien auprès,
Ce monde florissant, comme un cadavre blême,
Sombrera sous les eaux, sans tombe ni cyprès.

Et vous riez èt vous jouez, le cœur à l'aise,
Sur la plage de sable où blanchit le flot clair ;
Moi je la vois monter, du haut de la falaise,
L'engloutisseuse, au grand linceul mouvant, la mer !

Le côtier

Je ne vous suivrai point sur la route du port
Où quelque barque gonfle, au vent salé, sa voile,
Et qui porte, flottant sur un drapeau de bord,
Un nom de ville ou de capitaine ou d'étoile.

Non, je resterai là, sur ce rocher perdu,
Je n'ai point ce besoin d'exil qui vous emporte ;
Le bonheur qui vous vient, on l'a trop attendu,
Et le mien est tout près, ici même, à ma porte.

La mer pour moi voyage, et les oiseaux du ciel,
Le nuage qui passe, et le vent qui m'effleure,
J'ai l'odeur de la vague et le parfum du miel
Sur ce rocher, entre la mer et ma demeure.

Qu'irai-je au loin chercher qui pût m'être plus cher.
Je suis né sur la côte où mon pied prit racine,
L'air natal m'a nourri, du printemps à l'hiver,
Fidèle au sol, je suis une plante marine.

La mer

Parfois, en écoutant la mer,
J'ai cru que j'écoutais la vie ;
Elle recouvre un cœur amer
Dont la plainte est longue et suivie.

Cette plainte roule en ses flots,
En leurs clameurs désespérées,
Et de lourds et d'humains sanglots
La soulèvent dans les marées.

Elle garde, en d'obscurs dessous,
Le mystère des destinées,
Les âmes des noyés dissous
Ne nous sont jamais redonnées.

Et, toujours, comme ce qui dort
Au fond de la terre vivante,
L'éternelle énigme de mort
Y demeure et nous épouvante !

Soir d'adieu

Avant de m'en aller sur la mer incertaine,
J'ai revu le vieux banc où tu viens chaque soir,
Quand la clarté s'éteint dans la forêt prochaine,
Et que les tamaris te font un sentier noir.

J'ai revu le vieux banc, couvert de folle graine,
Où l'on entend monter les vagues sans les voir,
Tu m'attendais, sachant mon départ et ma peine
Et que seule, demain, tu reviendrais t'asseoir.

Ma vie est à toi, prends cette main dans la tienne,
Que de ce soir, si doux et triste, il te souvienne,
Et songe qu'un serment ne doit pas se briser.

Donne-moi cette fleur, bien qu'elle soit sauvage,
Je l'aimerai, là-bas, sur la lointaine plage,
Car elle aura l'odeur de ton dernier baiser !

Les vagues

Les vagues sont des mains fluides, enlaçantes,
Qui s'enroulent autour des corps aux torses nus,
Et, quand monte la mer, se font plus frémissantes,
Plus dormeuses encor de frissons inconnus.

Mains blanches de l'écume où se jouent les caresses,
Et dont le clapotis, tout ruisselant de sel,
Rend à la chair livrée aux morbides tendresses
La vigueur que lui prit le baiser trop charnel.

Mains cruelles parfois qui tordent, qui flagellent,
Fracassent les hauts mâts et sapent de leurs chocs,
La falaise minée où les huttes chancellent,
Et broient l'épave errante aux arêtes des rocs.

Mains pieuses aussi, mains ensevelisseuses,
Quand, déroulant les plis frangés d'un linceul clair,
Sur les naufragés des tempêtes moissonneuses,
Elles leur donnent, pour tombeau, toute la mer !

Les muses

Pendant bien des étés, pendant bien des automnes,
Les muses ont chanté la mer, Muses Santones,
Venant des chênes verts, des dunes, des marais ;
Et toutes se donnaient la main, en cercle, auprès
Des rocs où blanchissaient les écumes salines.
Et toutes savaient l'art, sur les flûtes divines,
De dire aux flots charmés, attentifs près des bords,
Les strophes que chantaient, en Grèce, les dieux morts.
Elles apparaissaient, filles d'une autre terre,
A notre âge vieilli, dédaigneux du mystère,
Apportant le parfum des autels étrangers
Et la grâce du chant et des voiles légers ;
Quand, aux soirs violets, les rumeurs s'étaient tues,
D'un pas rythmique, avec des poses de statues,
Ainsi que sur le seuil sacré d'un temple ouvert,
Elles venaient au pied du roc le plus désert,
Et, leurs regards fixant les vagues apaisées,
Elles jouaient, ceintes de fleurs, divinisées !

La mer a recueilli pieusement leurs chants,
Et maintenant que les Muses des bois penchants,
Des grottes, des coteaux, des marais et des dunes,
Ne viennent plus, aux soirs nacrés des clairs de lune,
Le flot, suivi du flot, strophe aux sons alternés,
Redit ces chants qui, sur les flûtes d'or, sont nés !

Séparation

Une dernière fois, viens regarder la mer,
Puis nous nous quitterons après, sans trop de peine.
Car elle est consolante au cœur le plus amer
Et sa caresse a comme une pitié sereine.

Si tu la vois nacrée à l'heure où l'aube point,
C'est qu'elle a, dans ses eaux, pris des rayons de lune,
Toute lueur qui naît s'y mêle et ne meurt point,
Et la vague reluit des reflets de chacune.

Contemple auprès de moi la mer, et longuement
Donne-lui de tes yeux la clarté qu'elle garde,
Et quand tu seras loin, dans son scintillement,
Je croirai que c'est toi, toujours, qui me regarde !

Attente romanesque

La villa dort ce soir d'un sommeil si paisible
Que je voudrais dormir, comme elle, en mes draps blancs ;
Quelque chose d'ailés, d'étrange, d'invisible,
Passe avec le vent frais, dans mes rideaux tremblants.

Qu'est-ce que la nuit couve avec plus de mystère ?
Je ne reconnais plus ses esprits familiers ;
Les étoiles ont fait fleurir une autre terre,
Un bruit de baisers court le long des espaliers...

Et je me sens plus jeune aussi quand je convie
Le sommeil à venir doucement sur mes yeux ;
C'est que j'attends quelqu'un de beau, comme la vie,
Et dont j'ai deviné le pas silencieux.

Quelqu'un qui met sur moi ces caresses de lune,
Et peut-être craindrait mes regards grands ouverts ;
Il a passé sous les hauts pins et sur la dune :
Il est le chevalier des nocturnes déserts.

Qu'il vienne par la haie où vont s'ouvrir les roses,
Par la route de sable ou la route de l'air !
Mon cœur veille, si mes paupières se sont closes,
Et je l'attends, au bruit lointain que fait la mer.

Te souviens-tu ?

Te souviens-tu du clair matin, si clair, si clair,
Qu'on voyait, par de là le lointain de la mer,
Je ne sais quel pays fleuri de roses roses ?
    Les galets sous nos pieds luisaient ; les moindres choses
Avaient des diamants et crépitaient de feux.
Des étincelles d'or couraient dans tes cheveux
Et ta ruche perlée, à ta gorge naissante,
Comme un serpent magique, était phosphorescente.
    Te souviens-tu du soir ? nous marchions pas à pas,
Nos yeux se regardaient et ne se voyaient pas,
Tu n'étais que le son de ton âme invisible,
Et je ne savais pas comment le soir paisible
Descendu lentement, aux autres soirs pareil,
Dans son ombre, avait pu prendre tant de soleil !

L'escadre

Pareils aux oiseaux fabuleux,
Les lourds cuirassés de l'escadre
Viennent sur les espaces bleus,
Avec le ciel pour fond de cadre.

Majestueux comme des cygnes,
Dressant dans l'air leurs cols d'airain,
Ils se suivent en longues lignes
Caressés par le vent marin.

A les voir calmes sur les eaux,
Dans l'orbe clair de la lumière,
On croit aux tranquilles vaisseaux
Qui partent pour quelque croisière.

Les chants des matelots, à bord,
Qui s'entendent lointains et vagues,
Ne font pas songer à la mort
Mêlés aux cadences des vagues.

Pourtant ces cygnes voyageurs,
Aux lentes marches solennelles,
Sont d'effrayants oiseaux trompeurs,
Cachant des canons sous leurs ailes !

Regarder vers la mer !

Regarder vers la mer, c'est regarder la mort,
Elle est la grande aveugle impassible d'où sort
Le frisson d'inconnu qui monte du mystère.
C'est un linceul qui se déroule sur la terre
Et couvre ce qui fut créé de son pli froid.
Elle déferle puis se retire, mais croît,
Sa marche noie ; elle a submergé la montagne,
Et le râle inéteint qui, sans fin, l'accompagne,
Vient de tout ce qui meurt et qui n'apparaît plus,
Lorsque les temps futurs seront tous révolus
Et qu'elle aura sapé jusqu'au dernier refuge,
Rien ne restera plus qu'un suprême déluge.
Aussi devant les mâts immobiles dressés
Sur le flot qui se renfle où sont les trépassés,
Je songe, dans le vent, semeur des épouvantes,
A des croix qui seraient sur des tombes mouvantes.

Le livre du poète

N'emporte pas ce livre où le vers pleure et rit
Comme toi ; c'est ton cœur, vois-tu, ce livre écrit.
S'il te plaît d'accourir sur la plage où la foule,
Avec son va-et-vient, met sa mondaine houle,
Crains que, sournoisement, sous le bouquet d'œillets,
Une indiscrète main entr'ouvre les feuillets.
Alors je souffrirais de n'avoir pu me taire,
De n'être pas resté le prudent solitaire
Dont la lèvre est muette et la plume au repos,
Et qui tient, en lui même, un rêve unique enclos.
Crois-moi, laisse ce livre enfermé dans sa gaine,
Que sur lui l'oubli tombe et que l'heure s'égrène ;
C'est le passé, le mort que tu ne connais plus.

Très vieille, quand les ans feront tes doigts perclus,
Avec le geste lent et gauche de l'aïeule,
Auprès de la veilleuse assise, triste, seule,
Sur le livre rouvert, d'un regard incertain,
Tu liras notre amour, comme un conte lointain.

« Reste »

(DERNIÈRE VEILLE)

A l'heure où va passer la figure du monde
Ce qui brûle d'amour dans ton âme profonde,
C'est là ce que je veux : cet invisible amour !
Reste là, près de moi, cette nuit jusqu'au jour !
Non pas le jour qui va se lever sur la terre,
Mais le jour qui blanchit de clarté, le mystère !
Reste ! c'est le dernier, l'inexprimable adieu,
Reste ! qu'en toi je meure, avant de vivre en Dieu.

DU MÊME AUTEUR

POÉSIES :

RIMES EN MINIATURE.
VITRAIL.
LES CIMES.
LE BANC DE PIERRE, ouvrage couronné par l'Académie
Française.

ROMANS :

LES VIES BRISÉES.
UNE FILLE DU PEUPLE.
MEHA (4ᵉ édition).
LA DEMOISELLE.
AMÉRICAINE.

www.ingramcontent.com/pod-product-compliance
Lightning Source LLC
Chambersburg PA
CBHW051149260626
47170CB00005B/2035